Selecionado para o PNBE 2009

Selecionado para o Salão Capixaba — ES/2005

Selecionado para o Programa "Fome de Livro",
da Fundação Biblioteca Nacional

Selecionado pela FNLIJ para Bologna Children's Book Fair 2000

INDICADO PARA O PRÊMIO JABUTI 2000 –
MELHOR LIVRO INFANTIL OU JUVENIL

PRÊMIO ORÍGENES LESSA –
O MELHOR PARA JOVEM

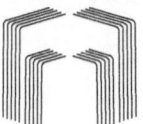

FUNDAÇÃO NACIONAL
DO LIVRO INFANTIL E JUVENIL – FNLIJ
– 1999 –

A ALMA DO URSO

FICHA CATALOGRÁFICA

Dados Internacionais de Catalogação na Publicação (CIP)
(Câmara Brasileira do Livro, SP, Brasil)

Bernardo, Gustavo
A alma do urso / texto Gustavo Bernardo; ilustrações Ana Raquel.
– 2. ed. – São Paulo : Formato Editorial, 2007.

ISBN 978-85-7208-237-2

1. Literatura infantojuvenil I. Raquel, Ana. II. Título.

CDD-028.5

Índices para catálogo sistemático:
1. Literatura infantil 028.5
2. Literatura infantojuvenil 028.5

2ª edição
5ª tiragem, 2022

A ALMA DO URSO

Texto © 1999 GUSTAVO BERNARDO
Ilustrações © ANA RAQUEL

Diretoria editorial
   SONIA JUNQUEIRA
Editoria de arte
   NORMA SOFIA
Assistência editorial
   CLÁUDIA BATISTA DE ANDRADE e LUCAS SANTOS JUNQUEIRA
Secretaria editorial
   SONIA MARCIA CORRÊA
Editoração eletrônica
   FABRÍCIO J. CARDOSO CUNHA e MARCONE M. LOPES LEMOS
Produção gráfica
   ROGÉRIO STRELCIUC

Revisão
   MARGARET PRESSER e ELZIRA DIVINA PERPÉTUA (revisão final)
Proposta de atividades
   MARIA PAULA PARISI LAURIA
Impressão e acabamento
   FORMA CERTA

Direitos reservados à
SARAIVA S.A. Livreiros Editores
Rua Henrique Schaumann, 270 – Pinheiros
05413-010 – São Paulo – SP

| SAC | 0800-0117875
De 2ª a 6ª, das 8h30 às 19h30
www.editorasaraiva.com.br/contato |

958495.002.005

para
Thiago,
meu filho

A ALMA DO URSO

texto gustavo bernardo
ilustrações ana raquel

Conforme a nova ortografia

Formato

Coleciono fotografias de ursos. Todos os tamanhos, todas as espécies, mas com preferência pelo urso-polar. Pelo urso-branco. A mania tem origem banal (nominal): meu nome, Bernardo, quer dizer "urso forte", ou também "urso amável".

Bem, na verdade não sou muito forte – e nem sempre amável. Mas, por isso mesmo, gosto do nome, como gosto de fotografias de ursos.

A mania tem outra razão: onde moro, não há ursos livres por perto (um pouco longe, apenas uns dois ou três animais que parecem ursos, na jaula larga do jardim zoológico). Onde moro, não há neve, não há gelo (apenas uns dois ou três cubos, no congelador da geladeira). Logo, junto fotografias.

As fotografias me contam histórias. As fotografias se movem, como os fotógrafos sabem muito bem. Uma fotografia, em especial, me impressionou. O flagrante foi tirado por um alemão, Erich Bach: o urso-polar se equilibrando no mínimo pedaço de *iceberg*, no meio do oceano.

Tanto essa imagem me conta. Curioso é que a sua história seja antiga, bem anterior à invenção da fotografia. Curioso é que o urso mesmo permaneça em silêncio; quem de vera me contou tudo o que vocês vão ouvir, ou ler, se encontrava escondido detrás (ou na frente?) da fotografia.

G. B.

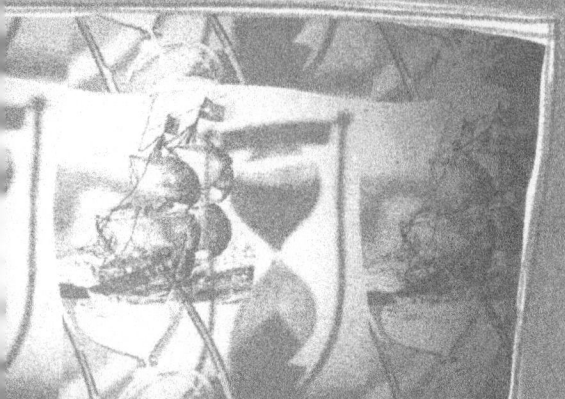

LÁ ESTAVA EU EM PALOS, pequeno e sujo porto do litoral da Espanha. Passava metade do tempo mendigando nas ruelas, outra metade bebendo nos bares. Não sobrava metade para dormir.

As noites eram muito escuras, naquelas ruelas iguais. Não é como aqui, que as noites podem ser tão longas, mas guardam sempre essa espécie de brilho no horizonte. Volta e meia, lá, naquele porto, eu me sentava e encostava em uma parede qualquer, dobrava o pescoço e ficava olhando as estrelas.

Imaginava alguém, podia ser você, a meu lado, a quem eu contava, carinhosamente, estrela por estrela – quantas eram, quais eram: uma, duas, três, sessenta e três, tantas. Pégaso galopando, Aquário atraindo Peixes, Capricórnio e Sagitário fugindo de Hércules, o ferrão de Escorpião escapando na ponta do céu...

Mas não invento esses nomes! Por que não conheceria as estrelas, se sou, ou pelo menos fui, marinheiro? As estrelas falavam comigo, me olhando de rabo de olho, piscando, especialmente nas noites sem lua. A bordo, devido a essa intimidade com os astros e, principalmente, graças a meus problemas de sono, de noite me deixavam na gávea ou na proa, para alertar a tripulação quando aparecesse um monstro, uma serpente-do-mar.

Na verdade, até te encontrarmos, nunca vi monstro saindo das ondas, horroroso, cabeça escamosa do tamanho de três caravelas rasgando feroz as nossas velas – nunca vi. Metade dos marinheiros dizia já ter visto monstro, assim, assado, cada um maior que o do outro. Eu só dizia: *hum-hum*; me sentava no meu posto e encostava num mastro, dobrava o pescoço e ficava olhando o passeio das estrelas (tem razão; pode ser que os monstros nadassem até lá embaixo, sob a superfície encrespada das ondas, suas barbatanas roçando o casco do barco, e eu nada via, olhando a maior parte do tempo para cima).

NAQUELES DIAS em que eu me encontrava perdido em Palos (como podia "me encontrar" se eu estava perdido?... mas você faz cada pergunta!), acabo mas é perdendo agora o rumo do que dizia. Ah, sim: naqueles dias em que eu me encontrava perdido em Palos, você provavelmente se achava nascendo, filhote de mãe silenciosa e forte. Em volta, o seu mundo era branco, tão branco, enquanto o meu mundo insistia escuro, apenas pontilhado pelas muitas pequenas luzes na caverna do céu.

Se esta Terra é de fato redonda, como queria o italiano (onde ele estará agora? terá voltado para a Espanha, ou para a sua Itália? – coisas que não se pode mais saber), você nascia bem próximo do Polo Norte, filho quem sabe da própria Ursa Menor, assistido por Perseu, Andrômeda e Cassiopeia. Seus olhos brilhavam assim, estrelas negras e profundas, tantos anos atrás? Não se pode saber, de verdade. Daria metade dos dias que ainda me restam para ver o que se guarda na sua memória – quando nem tenho mais tanta certeza do que guarda a minha própria.

Mas de alguma coisa sempre me lembro.

Lembro-me, por exemplo, do dia em que o italiano chegou a Palos, recrutando a tripulação para a sua viagem, às custas da rainha da Espanha. O que ele pretendia soava um pouco absurdo, mas as pessoas daquele porto – e daquele tempo – não se preocupavam demais com absurdos.

O italiano pretendia buscar uma rota para a Ásia através do Atlântico, isto é, pretendia chegar ao Oriente navegando reto na direção do Ocidente. Toda a gente podia se perguntar como chegar num lugar andando exatamente de costas para ele – mas a maioria das gentes se perguntava é nada. Eu não perguntava nada (ao menos em voz alta). Tratava-se de um trabalho, que prometia ação, companhia, ouro, mulheres (se achássemos as índias) e a cota que eu precisava de solidão, nas noites de vigia sob o céu.

Embarcamos cerca de cem homens, divididos em três barcos. Puseram-me naquele que trazia o nome de *Pinta*, comandado por um tal de Pinzón. A nau capitânia era comandada pelo próprio italiano, enquanto o terceiro barco recebera o comando de outro Pinzón, acho que irmão mais novo do primeiro.

Deixamos o porto de Palos "no dia três de agosto do ano da graça do Nosso Senhor Jesus Cristo de mil quatrocentos e noventa e dois", ou pelo menos assim mesmo deveria estar escrito no diário de bordo do italiano. O que eu teria para contar da viagem? Em geral, tempo bom, bom vento, nenhum monstro, pelo menos que eu tenha visto, e as muitas, tantas estrelas.

As estrelas. Elas formavam desenhos de propósito, para brincar ou para falar com os cá de baixo? Ou os desenhos eram coisa de homens e de vigias insones, feitos por cima dos pontos para lembrar histórias passadas? Não se sabe. As estrelas viviam de fato todas assim juntas, à noite, parecendo tão próximas – ou elas se encontrariam imensamente longe, nos deixando perceber uma luz fugaz, distante? Não se sabe. Talvez as estrelas, aqueles pontos de luz, fossem apenas pontos de luz, e nada mais – porque nem existissem mais, perdidas da luz que teriam lançado no espaço. Talvez. Não se sabe.

Não se sabe coisa demais.

Mas, sabendo ou não sabendo – que importa? –, Pégaso continuava galopando, as asas balançando, elegantes, até sair de cena, até sair do céu; Capricórnio e Sagitário invertiam a situação perseguindo Hércules, até que Hércules escapava, e também saía de cena e do céu, coitado; Capricórnio e Sagitário se perdiam um do outro, saíam e voltavam do céu, uma, duas, algumas vezes, até desaparecerem, onde quer que estivessem (coitados); o Escorpião ficava sempre na beirinha do céu, se molhando no mar, lá na linha ondulada do horizonte, deixando ver ora a sua cauda, com o temido ferrão, ora a cabeça, com os olhos escuros, escuros.

Como os demais, também chegava o tempo de Escorpião sair do céu, dando lugar a tantas outras estrelas que desenhavam no escuro mais escuro nunca conhecido formas velhas conhecidas, até poder me sentir conhecendo as novas tão velhas estrelas: o Cão Menor, a perigosa Hydra, o Leão rugindo, rugindo seu silêncio a tremer as engrenagens do cabrestante, a ameaçar perder a âncora, a enfunar as velas na calmaria das noites.

Até que chegou no céu sobre os meus olhos aquele conjunto de estrelas que mais me deu medo porque mais se parecia com um sonho, até que apareceu no céu Órion, o gigante caçador, seus braços, sua armadura, aquela cota de malha, aquele capacete invisível. Continuava fugindo da cauda e do ferrão de Escorpião, que Ártemis, a deusa virgem, enviara para matá-lo (uma história que me contaram quando eu era ainda muito pequeno – mas me marcou que não esqueço, como esqueço episódios reais e recentes).

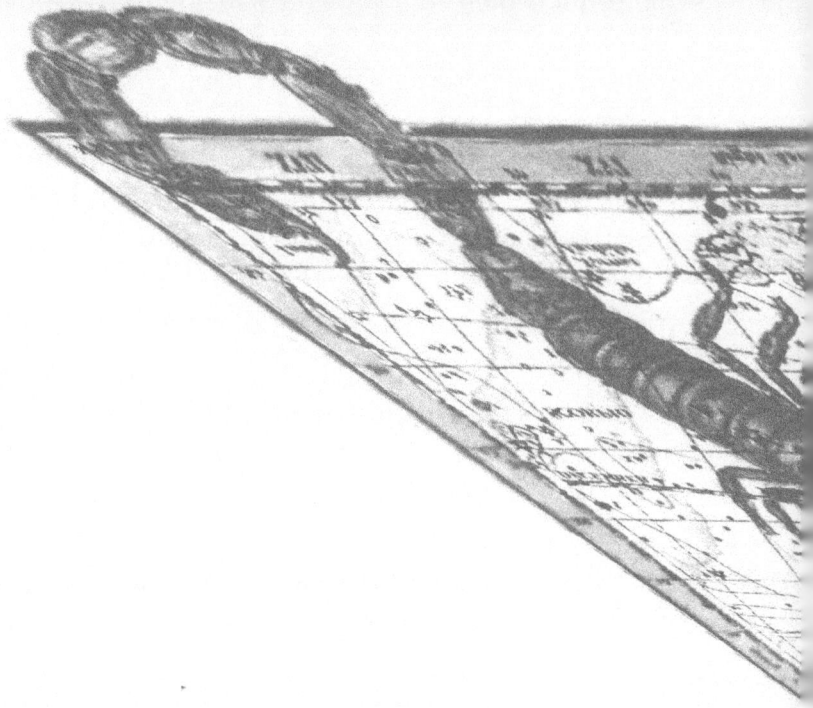

O medo de Órion
(o meu medo) se sentia no
tremor das estrelas que o compu-
nham: Escorpião decerto se escondia
detrás do céu escuro, como debaixo de um
lençol, para emboscá-lo quando ele menos esperasse.
    Quando eu menos esperasse.
    Foi o mesmo Órion quem me apontou a terra, de madrugada, quando o Sol corria por trás para afugentá-lo e às outras estrelas do terreno negro-azul que me cobria, insone.
    Terra à vista.

POR QUANTO TEMPO você cresceu protegido por sua ursa, meu rapaz? Um, dois anos dos nossos? Havia índios, ou até mesmo homens, lá naquela sua terra gelada, de que só vimos um pedaço flutuando? Eles caçavam os da sua espécie, ou os adoravam, como deuses brancos e gigantes?

São perguntas. Que você não quer responder, e eu entendo. Só não entendo como pôde viver tanto tempo sozinho conosco, e estar agora sozinho aqui comigo. Logo, logo, pelo que enxergo de estrelas nos seus olhos, comparando com o que vejo de nuvens escuras nos meus, mal refletidos na água do fio que nos engana a sede, você ficará apenas consigo mesmo.

Vou te deixar, meu amigo. Isso não deve demorar muito. Por isso, conto novamente a história que você já conheceu, viveu e ouviu tantas vezes. Que necessidade estranha! Contar, antes de morrer, o que lembro desta vida, sabendo que não lembro tudo, que não lembro certo. Vou, talvez, calafetando os buracos da memória com sonhos e com formações de estrelas: as constelações de Órion, de Escorpião, a ausência de Pégaso...

Que necessidade estranha. Não posso escrever, se não sobrou nada parecido com pergaminho e tinta; não posso escrever porque, mesmo se restasse um único pedaço rasgado de pergaminho e a borra final do tinteiro, para usar com a pena de um pássaro, eu não sei nem nunca soube ler, quanto mais escrever. Só me resta contar a história para você, completando com outras cores os lugares em que as primitivas se escafederam, junto com Pégaso. Tão somente você me escuta, meu ouvinte ideal: silencioso, grande e branco, recosto-me nesse pelo e conto.

Rosna baixinho, amigo.

Depois que a minha alma escapar enfim desta terra para procurar as estrelas (Órion, cuidado, Escorpião bem atrás de você...), minhas palavras estarão muito bem guardadas pelo seu rosnado baixo, baixinho.

Quando chegar a sua vez e essa alma branca correr para cima, para o céu escuro, tão rápido como corre aqui na praia, as palavras irão contigo para formar sua constelação.

TERRA À VISTA.

Corria ainda o ano da graça de Nosso Senhor de mil quatrocentos e noventa e dois, na manhã de doze de outubro. O capitão Cristóbal – esse era o nome do italiano – decidiu que era uma ilha e chamou-a de San Salvador.

Para que servem os números (mil, quatrocentos, noventa, dois, doze...), meu urso? Não lembro de tudo, mas lembro de números: dias, anos, horas, estrelas. Conto os dias como quem conta estrelas, certo de não chegar até o fim do céu. Pouco importa. Menos ainda se os números estão ou não corretos. Pouco importa; são tão somente números. Para mim, âncoras nesta cabeça velha. Âncoras que me deixam a ilusão de me encontrar próximo à terra firme, protegido do mar e dos seus horizontes curvos, nesta terra que se for de verdade redonda não acaba nunca.

Encontramos os índios, disseram. As índias também lá estavam, gentis e diversas. Muito nos refestelamos com essas novas frutas, e os novos frutos da terra. Não sei se acontecia com todos, mas comigo se davam pequenos milagres que me provocavam constantes e furtivas lágrimas.

O calor do sol nos cabelos, a água limpa na pele, o sumo da fruta escorrendo na barba. O beijo, a pele quente sobre a gente, o prazer mais longo do mundo sob a sombra das árvores. O sorriso de todos os dentes, o riso cristalino como os córregos, a ausência de palavras e de cobranças (principalmente, a ausência de cobranças e de palavras).

O peito me explodia naquelas tão pequenas lágrimas, artifício de fogos brilhantes e silenciosos. Silenciosos.

(tempo que não se recupera, a que não se volta, que enche o peito de saudade e dor – tanto mais dor quanto mais me lembro do desprezo irresponsável em que vivíamos aqueles dias, os dias do pouco carinho que na vida tivemos todos)

Não durou muito. Hoje eu sei que durou muito pouco. Logo levantamos âncora e navegamos mais um pouco, encontrando outras ilhas. Em Juana, como a chamaram, delegações dos nossos foram enviadas para procurar a corte do imperador mongol e, principalmente, o ouro da corte do imperador mongol.

O que aconteceu com as delegações eu não sei. Nem inventar eu sei. Diria que não encontraram o imperador mongol, mas que o imperador os encontrou e cortou-lhes a cabeça (com uma espada de ouro).

Em dezembro encontramos mais algumas ilhas. Em Hispaniola, como a chamaram, a nau capitânia bateu em recifes submersos (Cristóbal também sempre olhava para cima e para longe, recusando-se a olhar para baixo) e naufragou. A maioria dos homens se salvou, à exceção dos que não sabiam nadar. Trinta e nove homens se deixaram ficar (novamente, os números e as âncoras), construindo um povoado na ilha, junto com os índios (e as índias).

Cristóbal quis voltar à Espanha na outra nave, enquanto o nosso capitão Pinzón explorava um pouco os arredores por sua conta e risco. Quando retomou o caminho da Espanha, atrás de Cristóbal e do irmão (e de Capricórnio e Sagitário fugindo de Hércules, no céu), os ventos pareceram favoráveis. Depois de uma ou duas semanas os encontramos no meio do mar.

Mas foi aí que o mar novamente nos separou, dessa vez irremediavelmente e para sempre.

Não posso saber o que aconteceu com Cristóbal e com o irmão do capitão – se foram abraçados pelo rei e pela rainha da Espanha por terem encontrado as índias e o caminho para as índias (ou se foram presos e executados, por não terem encontrado ouro e ainda por cima terem perdido duas naves e muitos homens). Só posso saber que as correntes do mar e os ventos nos afastaram, e a *Pinta* começou a navegar para o norte, cada vez mais para o norte.

Estranhamente, o capitão não quis oferecer resistência aos ventos e às correntes marítimas. Estranhamente, a tripulação ofereceu mui pouca resistência ao capitão. Eu fiquei quieto, na gávea: novas, desconhecidas estrelas se ofereciam a meus olhos.

Esfriava.

TÃO FRIA devia de ser a sua terra.

Imagino, olhando-o, vastidões de gelo e neve, ora regulares como lagos congelados, ora irregulares como colinas e montanhas cobertas de branco. Nessas vastidões de gelo e neve, havia florestas, flores, pássaros ou insetos, com tanto frio? Ou as florestas seriam também de gelo, formando vidros e espelhos, multiplicando o Sol e os ursos?

A Lua? Ela será feita igualmente de gelo e neve, nascendo todas as noites perto de onde você nasceu?

Besteiras. Ou verdades; não posso comprovar.

Quem quer provas? Eu quero histórias. Você também quer histórias, se fica tão quieto a meu lado quando as conto.

Tão fria devia de ser a sua terra. Caçava, primeiro com a sua mãe e depois por conta própria, peixes e animais estranhos que não conheço, não vi e você não pode mostrar para mim. Subia o gelo, descia o gelo, escorregava, brincava, se arriscava. Já vimos como nada e mergulha bem; já nos espantamos como corre tão rápido, deslocando como se fosse leve este peso tanto.

Ah, você sobrevivia e se alegrava de estar vivo, de comer e de correr.

Até que a temperatura subiu apenas um pouquinho, mínimo de calor. Nessa hora, o urso-branco correu para a ponta branca daquilo que parecia um cabo, se alongando por dentro do mar. Seu peso correndo, o calor um pouquinho, a trepidação, de repente aquilo que parecia um cabo se solta da terra e busca o mar. Era só gelo, longa extensão horizontal, que se formara à noite debaixo da caverna do céu.

Você sente o movimento e a diferença. Para. Olha para trás, para onde vão recuando a terra, a mãe, talvez os irmãos. Mas pode correr de volta, mergulhar lá atrás, nadar e retornar. No entanto, você senta, calmo. Rosna baixinho; se estivéssemos por perto, não saberíamos se o rosnado era de medo ou de vontade. Rosna baixinho, e apenas olha: o horizonte ficando maior.

O mar ficando maior.

O urso-branco, menor.

ESFRIAVA MUITO.

O norte nos puxava. O mar, o mar, o mar: oceano. Dias, semanas, meses navegando. Quantos dias, semanas, meses, logo ninguém mais sabia. Apenas o dia seguinte interessava – se viveríamos para contá-lo. Os porões haviam sido carregados de carne, frutas, folhas e água, nas ilhas de Hispaniola e Juana, mas os suprimentos não duravam para sempre. Eles iam acabando. Os homens adoeciam.

Alguns morriam.

O capitão punha-se no tombadilho a olhar o horizonte e o mar, de dia ou de noite, e já parecia dormir tão pouco quanto eu. Pouco falava; a tripulação toda pouco falava, sem energia nem mesmo para um motim. Os que morriam eram jogados ao mar muito rapidamente, encomendados a Deus por oração breve, rezada pelo capitão. Os que ainda viviam economizavam comida, água, e economizavam-se: guardavam as poucas forças para o dia de encontrar terra (ou para a noite de encontrar o fundo do mar).

Eu permanecia quase o tempo todo na gávea, procurando monstros, ou terra.

Mas os monstros desconhecidos amedrontavam cada vez menos a todos nós, assustados com a fome e com o mar tão grande. As estrelas garantiam que não andávamos em círculos, que navegávamos para algum lugar, mas qual? No destino que a proa apontava, apenas o horizonte fino sempre à mesma enorme distância, como se não nos movêssemos, como se o mar nos enganasse.

Como se o mar nos enganasse.

DE REPENTE, o medo. O medo novo. O monstro. O monstro, ou um homem? Terra, ou um barco – à deriva como nós? Aproximávamo-nos dele; ele se aproximava de nós. O oceano nos trazia algo, possivelmente vivo.

Não precisei gritar. O capitão e alguns marinheiros viram quase ao mesmo tempo que eu. Em silêncio, todos se debruçaram sobre a balaustrada da caravela. À medida que ele se aproximava, e nós nos aproximávamos, homens se persignavam: em nome do Pai, do Filho e do Espírito Santo. Começava-se a distinguir um animal grande, branco, sobre pequeno bloco de terra, ou de gelo, igualmente branco.

Mais perto, soubemos. Não era um homem. Não era um monstro.

Era um urso, mas um urso diferente de todos os que conhecíamos: um urso-branco. Ele nos via, como víamos a ele. Sentado no seu bloco de gelo, escultura de gelo vivo ele mesmo, mostrava-se calmo e levemente curioso. Devia se perguntar que coisa seria aquela embarcação, que animais seriam aqueles pequeninos que se agitavam lá em cima.

Ao contrário dele, alguns de nós se encontravam apavorados. Não sei bem por quê, não era o meu caso: permanecia sentado na gávea, calmo e levemente curioso (como o urso). Observava menos o animal do que os meus companheiros e suas reações tão diferentes.

Os apavorados imploravam ao capitão para virar o leme e fugir dali, fugir do monstro branco que viera da curva do fim do mundo. Outros riam, nervosos, limpando e carregando seus arcabuzes, eufóricos por encontrar caça grande no meio do mar, antegozando a carne, o sangue, o tiro, apostando quem o mataria primeiro, cuidado para ele não afundar e o perdermos para o mar. Uns poucos, dois ou três, como eu, não se mexiam muito, não falavam, calmos, levemente atentos e curiosos, esperando o urso chegar, esperando o barco chegar no urso.

Entre eles, o capitão. Que, com um gesto seco, ordenou que se guardassem as armas. Como os homens, famintos, não compreendessem, ou já não aceitassem o comando, o capitão Pinzón ordenou, em voz bem alta e clara, que guardassem as armas e pegassem em cordas. O animal deveria ser laçado, vivo, sem que o machucassem, e trazido para o tombadilho. Depois, o pedaço de gelo também deveria ser içado para bordo, de modo a derreter e encher os odres e os barris de água.

Um dos homens, o mais forte, não largou o arcabuz e quis discutir com o capitão, berrando, mais do que falando, da fome, do medo, daquela viagem absurda. No meio das suas palavras, um tiro seco, único, de pistola, da pistola do capitão, pôs um ponto final, completamente final, nas suas frases. A tripulação voltou a silenciar. Os apavorados perderam o pavor e ficaram apenas com medo, parando de se persignar. Os caçadores do mar largaram as armas e começaram a preparar as cordas, os nós, os laços necessários, para trazer para cima o urso-branco e o pedaço benfazejo de gelo.

O urso seria um animal malfazejo, *maledeto*, maldito? O urso seria o monstro branco que viera da curva do fim do mundo?

Enquanto o laçavam, com cuidado – o que não se mostrava tão difícil, já que o animal parecia ajudar –, um dos homens (o menor de todos, o mais franzino e o mais velho de nós outros), enrolando um pedaço de corda na mão, perguntava: "Meu capitão, por que deseja o bicho vivo, sobre este barco?".

O capitão levou bem alguns momentos para responder, preocupado em observar a operação de resgate do urso e do gelo. Quando o fez, foi curto e seco: "Quero sua alma".

A frase arrepiou os marinheiros; a frase me arrepiou. No instante em que foi pronunciada, ecoando no céu e no mar, o urso levantou-se nas duas patas traseiras, como se fosse um homem (ou como se fosse um deus animal).

Os homens aproveitaram a posição momentânea, ereta, do urso, para prender os últimos laços e puxar, trazendo para cima, vagarosamente, a presa viva. Que não se debateu, não rugiu, não reagiu; parecia fixar atentamente o olhar de cada um dos seres que o cercavam, movendo para os lados sua cabeçorra. No tombadilho, enfim, apoiou-se nas quatro patas e pareceu pronto para um bote, embora preso por todos os lados por cordas grossas e esticadas.

Os homens o rodeavam. O medo o rodeava. Silêncio. Espera. E nova ordem do capitão: "Soltem as cordas".

Os homens, espantados, nada fizeram; apenas seguraram com maior força ainda os pedaços de corda em suas mãos. O urso olhou para o capitão, como se esperasse, tranquilamente, que a ordem fosse repetida. E ela o foi: "Soltem o animal".

Com a palma da mão direita sobre o punho da espada na bainha, o capitão esperou a ordem ser cumprida, olhando fixamente, mas sem arrogância, para os olhos do urso. Os homens, aos poucos, cumpriram a ordem e soltaram as cordas. Alguns fizeram novamente o sinal da cruz. Outros fecharam os olhos; houve quem fechasse apenas um olho e abrisse a boca, num esgar, torcendo a cabeça para olhar o que ia acontecer, ao mesmo tempo em que o corpo não queria saber o que ia acontecer.

Passaram-se mui longos momentos. O silêncio pesava como chumbo, quase afundando o barco. O animal olhava as cordas, frouxas no seu corpo e no assoalho do convés; olhava os homens; olhava o capitão, próximo.

O animal, o urso-branco: era você. Lembra? Você não atacou o capitão, nem ninguém; tão somente sentou-se sobre os quartos traseiros e levantou a cabeça, me olhando (na gávea). Então, rosnou; mas um rosnado suave e confortável, de animal de estimação agradecido por ser estimado.

O capitão, ainda sem tirar a mão direita espalmada do punho da espada, aproximou-se devagar, até ficar bem do seu lado. O capitão, de quem nenhum dos tripulantes gostava especialmente, alguns até especialmente o odiariam, o capitão, que de resto era um homem baixo para os padrões espanhóis (menor ainda ficava, ao lado do urso), parecia a todos, naquele momento, um gigante moral.

Quando ele tirou a mão direita de sobre a espada e colocou-a na cabeça do urso. O urso não fez nada. Você não fez nada. Tranquilo, o capitão ordenou que trouxessem o bloco de gelo para cima, antes que o oceano o carregasse de volta. Deveriam quebrá-lo em muitos pedaços, colocando-os nos nossos barris vazios.

Dessa vez os homens se apressaram a obedecer, quer pela pressão da sede, quer para não pensar no que acontecia, para não pensar no urso-branco. Foi mais difícil do que trazer o animal. Alguns homens precisaram mergulhar nas águas geladas, para passar as cordas por baixo e atar os nós, até que se pudesse içar o gelo. Era muito peso, peso demais. Todos nós parecíamos poucos; as cordas, grossas, arrebentavam; as forças, prejudicadas pelos meses de mar e racionamento, não aguentavam.

Foi aí que você se levantou, deixando-nos a todos paralisados, com as cordas nos braços; caminhou para a balaustrada e ficou de costas para ela, como se dissesse: "Deixem-me ajudar". Pelo menos foi isso que o capitão entendeu: ele mesmo pegou duas das cordas principais e amarrou-as no seu corpo, entre as patas dianteiras e o peito. Assim que acabou de fazer isso, você, como se já fosse nosso tripulante desde Palos, desde o distante dia três de agosto de noventa e dois, puxou.

Com sua ajuda (na verdade, nós é que o ajudávamos), o pedaço de gelo, aquele *iceberg* que devia ter sido enorme quando começou a sua jornada, foi trazido para cima.

Era preciso muito cuidado, para não adernar o barco – mas conseguimos. A caravela afundou até um pouco acima da linha-d'água, com o peso. Com espadas, adagas e martelos, o gelo foi quebrado e guardado nos barris e nos odres, que iam sendo arregados para o porão.

Mesmo aos caçadores renitentes, a carne proibida do urso-branco já apetecia menos do que a água fresca, sem sal, que o acontecimento nos oferecia.

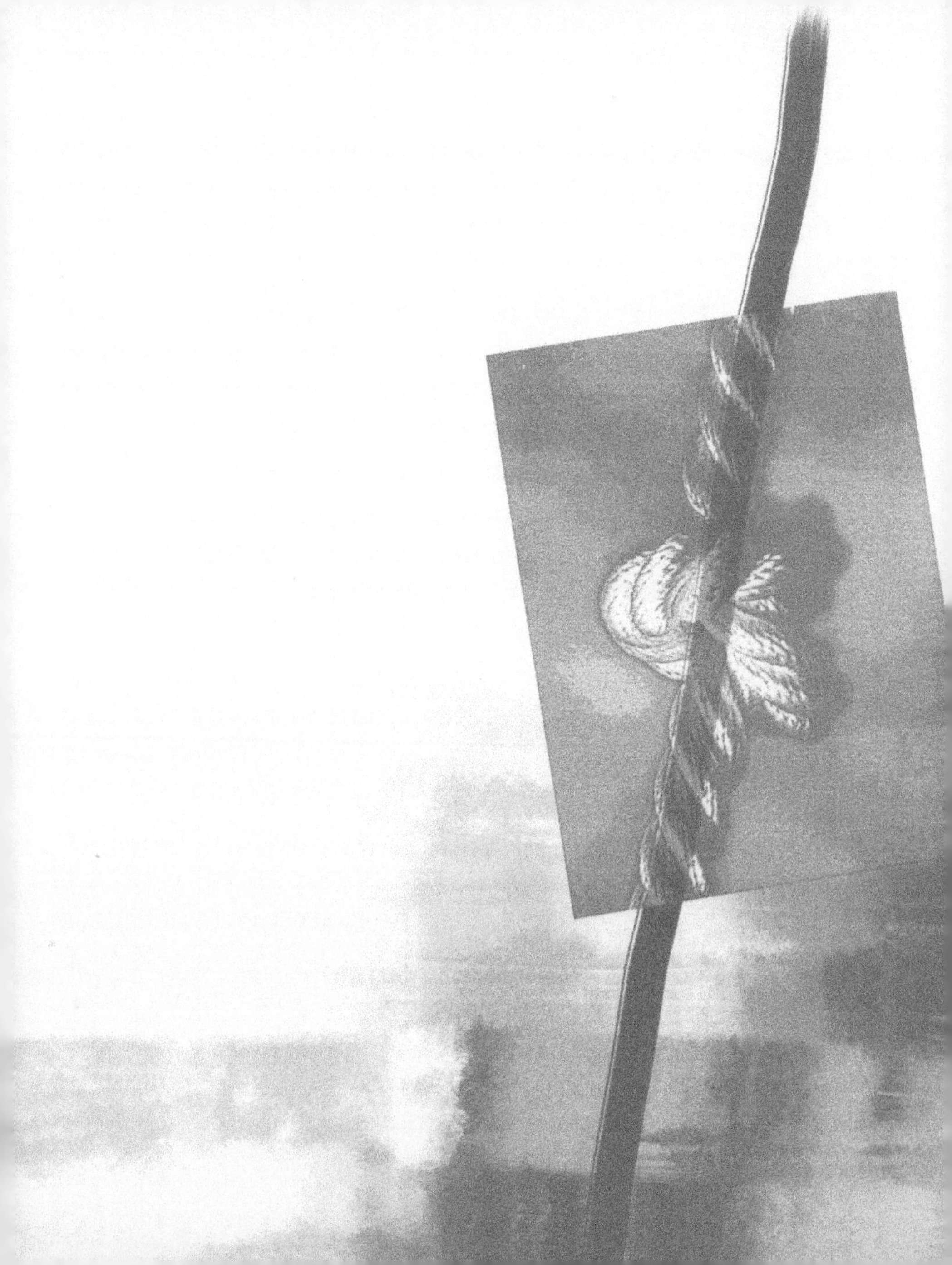

TALVEZ SUA JORNADA, no bloco de gelo que derretia aos poucos, tenha sido igual ou maior do que a nossa, pelos mares do norte. Como sobreviveu?

É provável que pescasse; vimos como mergulhava e nadava bem, como pescava peixes grandes e suculentos. Mas como sempre encontrava peixes? Talvez se alimentasse também de algas marinhas, e a sua água fosse a própria água do mar.

Verdade que sobreviveu. E nos encontrou.

Depois que nos encontrou, foram mais algumas semanas no mar, até encontrarmos terra. Outros poucos de nós morreram, de fome, doenças e desespero – mas ninguém mais falou em carne de urso (do urso que devorava parte considerável de nossas provisões).

Aconteceram somente dois princípios de motim – aliás, nem poderíamos chamá-los assim. Apenas dois homens que enlouqueceram e quiseram destruir as madeiras do barco com as suas espadas.

O capitão não falou; apontou sua pistola e atirou, acertando em cheio no coração do primeiro coitado. O outro continuou brigando com a balaustrada, cortando a madeira com a sua espada.

O capitão, ainda sem falar nada, com gentileza tomou emprestada a minha pistola, apontou e, novamente, atirou. O tiro, dessa vez, pegou no ombro direito.

O homem gritou, creio que menos de dor do que de susto. Sentou no chão segurando o ombro ferido, espada largada entre as suas pernas. Os olhos, esbugalhados; de repente, começou a rir e chorar, chorar e rir, quase que ao mesmo tempo, deixando toda a tripulação arrepiada.

Estávamos calejados, ressecados pelo trabalho, pelo mar, pela fome, pela sede e pelas mortes tantas, cercados de horizonte por todos os lados – ilha de humanidade triste, despidos da última solenidade. Mas os olhos do marinheiro louco ferido no ombro nos devolviam o medo afogado pelos tantos dias, medo não de morrer, mas de morrer sozinho, louco como ele.

O capitão, calado como o seu urso, andou na direção do marinheiro sentado no tombadilho. Pegou a espada que estava jogada no chão. Então, procurou olhá-lo nos olhos. Para a nossa surpresa, era o olhar de atenção e dor de um pai bíblico, que precisava sacrificar o filho à divindade impiedosa.

O homem, louco, por um momento parou de rir e de chorar; por um momento, relaxou os músculos e pareceu sentir-se menino outra vez. Quando o capitão enterrou a espada até quase o meio da lâmina, deixando-o de olhos abertos, mui pequeno sorriso no rosto.

Os corpos foram jogados no mar. Rezamos e nos persignamos, todos, mais tempo do que o habitual. O urso ficou olhando os corpos afundarem e desaparecerem no mar. Depois, soltou um pequeno grunhido, que apenas os mais próximos escutaram.

Fez-se silêncio. Até o mar-oceano pareceu recolher suas ondas, seus marulhos, aquietando os ventos e as velas. A alma do urso parecia já se encontrar entre nós e à nossa volta, ocupando de horizonte a horizonte, enfunando as velas com a sua respiração compassada.

O TEMPO DA CALMARIA deu lugar ao tempo da tempestade – que, curiosamente, nos amedrontava menos, porque nos ocupava lutando contra as ondas e os ventos.

Passamos por pelo menos uma tempestade violenta, as ondas gigantescas nos engolindo e nos devolvendo, nos lambendo e nos afogando. No meio da tempestade, no olho do furacão, sobre o tombadilho, firmes e calmos, o capitão e o urso-branco; o capitão e você.

Eu, na gávea, amarrado pelo peito, com um olho no mar enfurecido e outro no mastro cansado, a ver se ele não partiria de repente e me jogaria, quebrado, assim amarrado, no inferno revolto das águas geladas. Até que.

Calmaria. De novo. Mais alguns mortos, poucos; rezamos, jogamos no mar. Sobramos muito poucos, levando a embarcação como podíamos. O urso olhando, por um tempo, os corpos afundarem e desaparecerem no mar. Depois, o pequeno grunhido, que apenas os mais próximos escutavam.

As nuvens ficando para trás. O horizonte. A linha fina, que costurava o céu e o mar, pouco a pouco já não se mostrava tão regular, tão fina.

Terra.

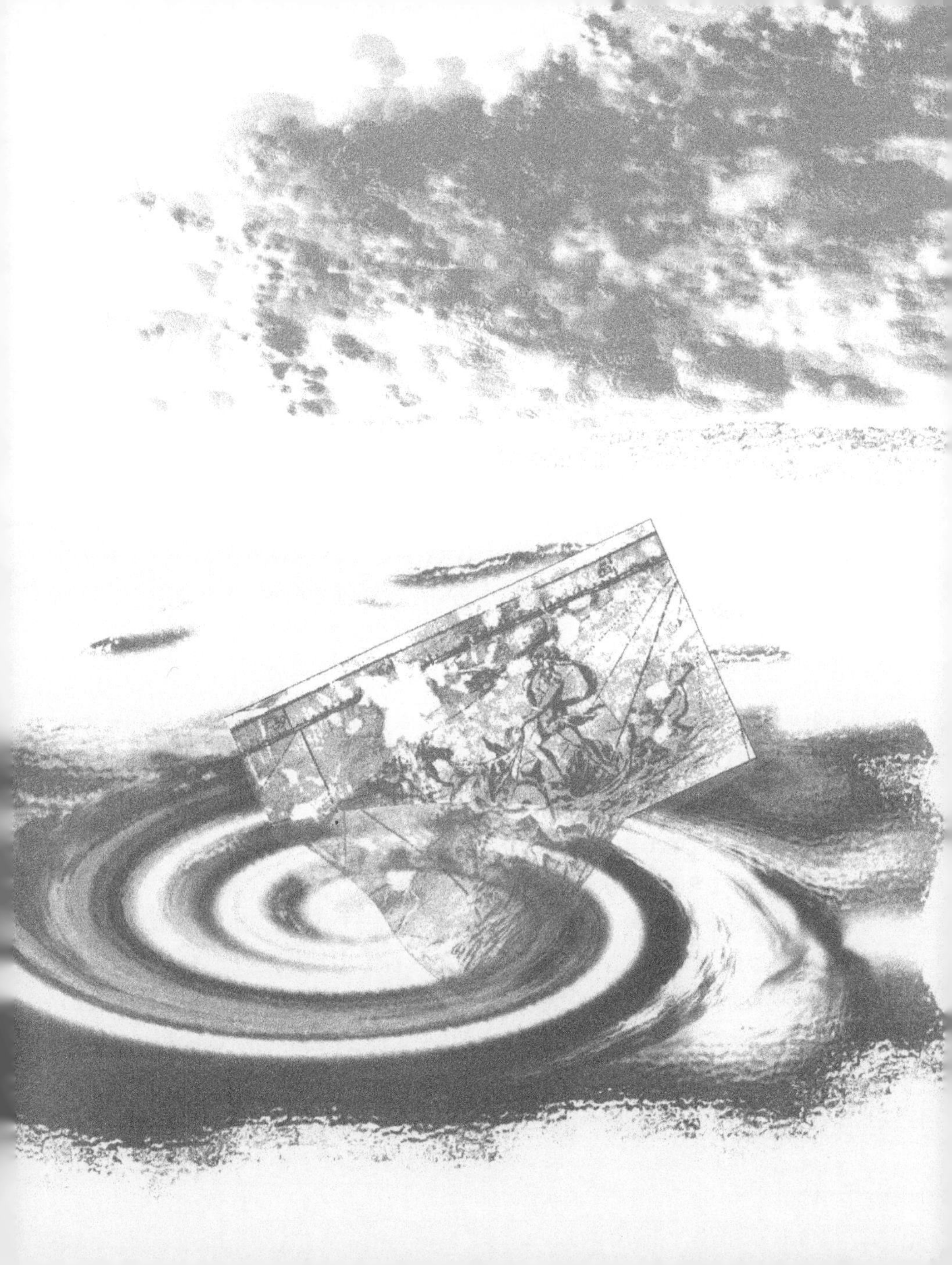

TERRA À VISTA.

Esta ilha em que aportamos, a caravela cansada demais, no último estertor soçobrando nos recifes a poucas dezenas de jardas da praia. Esta ilha fria a que chegamos, nadando extenuados, carregando o que podíamos salvar da gloriosa *Pinta*: pedaços de madeira, de roupa, de comida; restos das ferramentas, das armas, das velas. Esta ilha, banhada por estrelas que não conheço, que não me conheciam. Esta ilha em que estamos, conversando – ou apenas eu finjo que converso com você? –, sozinhos, igualmente cansados.

Foram, decerto, muitos anos, não tenho ideia de quantos, até uma hora atrás, quando jogamos o corpo do capitão no mar, do alto do penhasco. Amarramos pedras no corpo, para o mar não o devolver à praia. O capitão, nosso último morto. Depois, eu serei o seu último morto, meu urso.

Não deve demorar muito, possivelmente nem um dia inteiro a mais. A sua história, a história da alma do urso-branco, está acabando; acabando junto com a minha chama. Entretanto, você sobreviverá à história. Por quanto tempo? Não sabemos o quanto vivem os da sua espécie. Só sabemos que me olha e me espera morrer – para tentar nadar de volta à sua terra de gelo, quem sabe? Para mergulhar no mar e pescar um pouco, como fez todos os dias destes anos ao nosso lado?

As perguntas que fazíamos ou pensávamos, quando o vimos pela primeira vez no meio do oceano, sobre o bloco de gelo: o urso-branco seria um animal malfazejo, *maledeto*, maldito?; o urso seria o monstro branco que viera da curva do fim do mundo?; a alma do urso, que o capitão tanto quis, era a alma do bem ou a alma do mal?

Ora, a alma, uma alma verdadeira, não tem bem nem mal; ela é apenas a cor dos acontecimentos, ela é apenas o que tem de ser – foi o que aprendi, nestes anos, contigo e com o frio.

O que você vai fazer comigo, urso? Terá aprendido e me levará para o penhasco e me jogará no mar, como fizemos com o capitão e com cada companheiro da fortuna e infortúnio, ao longo destes anos frios? Ou me deixará aqui, encostado na pedra, esperando por dias a fio, por meses a fio, a minha próxima história?

Não que me importe tanto. Na verdade, nada foi tão ruim assim. Lamento apenas, ainda com grande aperto no peito, as índias gentis que tão pouco abracei, beijei e amei. Tanto elas me abraçaram, tanto de nós cuidaram, e as largamos sem olhar para trás – e elas ficaram tão lá atrás, tão longe, tão somente luz de estrelas...

Agora, em particular, na hora da minha morte, amém, sinto-me, apesar de tudo e desta tristeza, muito bem.

Muito bem.

Povoamos esta ilha – esta ilha fora de todos os mapas, esta ilha que não descobrimos, antes, que nos vem cobrindo –, povoamos esta ilha com poucos machos, ao lado de um urso macho. Mas os machos fomos morrendo, claro, naturalmente: sem monumento, sem filhos, de resto impossíveis.

E sem história escrita, para algures, em outra época, alguém encontrar os pergaminhos carcomidos pelo tempo e pelos carunchos, mas ainda passíveis de revelar fragmentos do que passamos.

Não.

O urso, o capitão e a sua tripulação de homens que nunca souberam ler ou escrever. Apenas eu, nem sei por que, tão ignorante quanto os demais, sempre muito mais calado do que os demais, senti a necessidade, no fundo da alma, de contar para você a história nossa, preenchendo os vazios do que não sabia, nem podia, ou os buracos da memória envelhecida, com perguntas, possibilidades, estrelas: sonhos de marinheiro sem terra, sem barco, sem família.

O escrivão c o padre, os únicos que sabiam escrever, foram na nau de Cristóbal, e devem ter voltado à Espanha – ou não, mas pouco importa, agora. Não deixamos pergaminhos, não deixamos letras; esta história morre com a minha morte. Só o urso, só você, saberá dela, mas não saberá nem poderá falar dela para ninguém.

Ninguém.

É uma história, enfim, sem aventuras maravilhosas, sem combates gloriosos, sem monstros fantásticos; é uma história sem homens melhores do que os outros, mas também sem homens piores do que os outros; é uma história, e isso talvez tenha sido, por algum tempo (mas não agora), o mais incômodo, é uma história praticamente sem mulheres (e sem crianças) – umas poucas índias, sem nome, quase sem rosto, mas das quais ficou a saudade muita.

Mas uma história, ainda que passada a maior parte em clima muito frio, *brr*, que conta da chama da vida, que conta da alma do urso, revelada no coração escuro do capitão, tanto quanto no coração silencioso do marinheiro que conhecia somente as estrelas e procurava, no céu escuro, monstros e lembranças que não tinha.

Assim; deixe-me deitar no seu peito branco, afundar nos seus pelos (Órion, cuidado, Escorpião bem atrás de você...). Assim; abrace-me; como o capitão me honraria com a sua espada, como honramos o corpo do capitão com as pedras no mar.

Abrace; meu urso, meu animal; alma minha gentil, gentil...

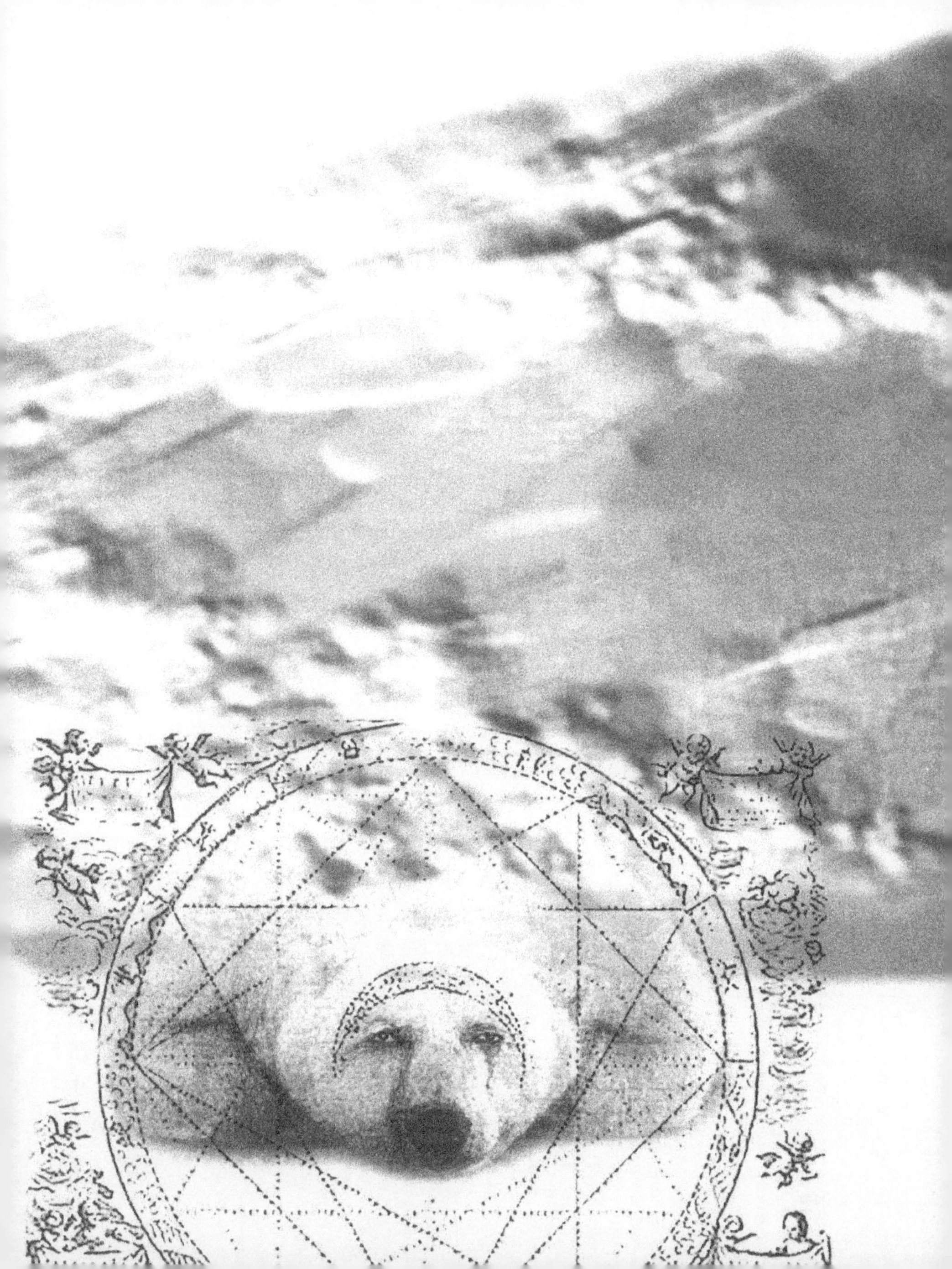

O autor

Meu nome completo é Gustavo Bernardo Galvão Krause, mas preferi assinar, nos livros, apenas "Gustavo Bernardo": gosto dessa combinação incomum de nomes, que carrego por herança feliz de meu avô – era o seu nome.

Nasci em 1º de novembro de 1955, no Rio de Janeiro, como o primogênito de quatro irmãos. Hoje, moro numa casa que me acolhe, com Gisele (*my romance*), Thiago e Adriana (os filhos). Dequinha, Ferrugem, Bolacha e Luísa (os cachorros), além de Tico e Teco (os *hamsters*).

Quase fui engenheiro, mas acabei me tornando professor de literatura – trabalho em uma universidade do Rio de Janeiro. Entretanto, desde que aprendi a ler, queria ser nem uma coisa nem outra: sempre me vi como escritor. Perseguindo esse desejo, escrevi de tudo um pouco: livro didático, ensaio acadêmico, artigo de jornal e revista, até poesia – mas me realizo mesmo é na ficção.

Escrevi *Pedro Pedra*, minha história mais conhecida. Escrevi *Me Nina*, estranho e delicado relato de uma festa junina que não acaba nunca. Escrevi, ainda, o romance *Lúcia*, trazendo para cem anos depois a fascinante personagem de José de Alencar, Lucíola.

E, finalmente, escrevi *A alma do urso*, meu primeiro livro na Formato. Na verdade, eu contei essa história antes de escrevê-la, oralmente, para o meu filho dormir, quando ele era um pouco menor (hoje ele já é maior do que eu). Como ela me impressionou, talvez mais do que ao menino, acabei escrevendo-a, perseguindo essa alma, que na verdade vem do meu nome, e que, na verdade, portanto, nomeia a nossa vontade de uma alma tão intensa quanto silenciosa.

Abraço de um urso amável...

Gustavo Bernardo

A ilustradora

Ana Raquel nasceu em setembro de 1950, em Pitangui, Minas Gerais.

Morou desde os quatro anos em Belo Horizonte. Estudou no Santo Tomás de Aquino, no extinto Colégio de Aplicação da UFMG, e se formou em Belas Artes (Desenho) pela UFMG, em 1972. Nos anos 1980, apaixonou-se por literatura infantil e por ilustração. De lá pra cá, ilustrou mais de sessenta livros e, em sua opinião, cada um é um universo diferente. A respeito de seu trabalho neste livro, ela conta:

"Difícil falar desse trabalho sem colocar duas coisas: o toque político num texto tão poético e meu inferno particular, nada poético.

O toque *político*: o texto nos remete à época dos descobrimentos. Daí a minha mão direita que, na verdade, é bem esquerda, me desobedeceu e fez um "parêntese" na poesia da prosa do Gustavo: sutilmente, lascou um bilhetinho sobre os quinhentos anos do dia em que um certo Pedro pôs os pés aqui pra agitar a vidinha dos nativos... só pra nos fazer pensar um pouco na nossa condição de brasileiros, que gostamos mais de *hot dog* que de cachorro-quente. Liguei pro autor, no Rio, pra saber o que ele achava dessa interferência e ele concordou que precisávamos comemorar com mais reflexão essa data. Então, a minha mão desobediente ganhou a parada e deu o toque: submissão, que rima com escravidão (política, econômica, cultural, emocional, qual seja), não tá com nada!

O *particular*: quando crio uma imagem para um texto, sempre mergulho nas emoções que ele traz. Acho que essa é a única maneira de emocionar o leitor. Mas dessa vez não conseguia dar um traço! Fiquei travada, achei que minha fonte de ideias tinha secado, rabiscava, rabiscava e... nada! Até que num *clic* descobri que a angústia do personagem, que estava tão pesada pra mim, tinha tudo a ver com o que estava acontecendo na minha vida: meu pai estava muito mal no hospital e, como o marinheiro do livro, eu tinha muito medo porque não sabia o que viria pela frente. Só então pude mergulhar no frio, no desespero, na fragilidade do personagem.

Assim recuperei as imagens fujonas e posso dizer que este livro foi o urso que me ajudou a esperar mais serenamente pela ida de meu pai. Espero que, além disso, elas tenham servido também para ilustrar o texto".

A ALMA DO URSO
Gustavo Bernardo

Nome: _____

Escola: _____ Ano: _____

Um marinheiro, grande conhecedor de estrelas e constelações, participa de uma famosa expedição marítima levada a cabo por cem homens e três caravelas. Cerca de dois meses depois de sua partida, os navegantes encontram terra, frutos e índios. Mas a viagem não está terminada: uma das naus parte rumo ao norte. Em seu caminho, navegando num *iceberg*, há um ser silencioso, grande e branco.

ANALISANDO O TEXTO

ENREDO/NARRAÇÃO

1 - Logo no início da história, observamos a presença de um narrador que relembra o passado, em Palos, contrapondo-o com o presente da narrativa.
   a) Qual é o elemento de comparação entre o passado e o presente? Explique.
   b) Apenas depois da leitura de boa parte da obra, é possível perceber onde está o narrador, e com quem conversa. Indique o espaço e o interlocutor a que se refere o narrador.

2 - Assinale a alternativa correta. Conforme você observou, a história vivida pelo narrador:
   a) É contada em *flashback* e está toda centrada no passado vivido por ele.
   b) Está centrada, sobretudo, em um importante acontecimento histórico.
   c) Se dá a conhecer pela mistura do *flashback* e do tempo presente: os acontecimentos, narrados de acordo com a lembrança do marinheiro, se misturam com o diálogo mudo que ele mantém com o urso.
   d) Está exclusivamente relacionada ao seu encontro e à sua vivência com o urso.

3 - O enredo de *A alma do urso* não é linear. Numere, de 1 a 12, as passagens do enredo, de modo a recuperar a linearidade da narrativa:
   ( ) A caravela do italiano naufraga.
   ( ) O narrador está em Palos, mendigando e bebendo.
   ( ) O capitão da Pinta se deixa levar rumo ao norte.
   ( ) A tripulação da Pinta vai pouco a pouco morrendo.
   ( ) O urso sobe a bordo da caravela em que está o narrador.
   ( ) A Pinta chega a uma ilha muito fria.
   ( ) Um italiano com ideias absurdas chega a Palos e organiza uma expedição marítima com três caravelas.
   ( ) Na ilha fria, só restam o narrador e o urso, que mantêm um diálogo mudo.
   ( ) A tripulação da Pinta encontra o urso no *iceberg*.
   ( ) As três caravelas chegam à ilha de San Salvador.
   ( ) O capitão da Pinta executa dois marinheiros.
   ( ) Passam-se muitos anos até a morte do capitão.

4 - Uma parte significativa do enredo de A alma do urso refere-se a um episódio bastante importante da história.
a) Que episódio é esse?
b) Quem é o protagonista desse episódio? Como essa personagem é denominada no livro?
c) Quais são os elementos do livro que recuperam dados históricos a respeito da expedição marítima que saiu de Palos?
d) Quais são as impressões do narrador sobre a nova terra?
e) Para você, em que episódio se alcança o clímax da obra: na chegada à ilha de San Salvador ou no encontro com o urso? Explique.

5 - Como o narrador justifica o fato de a caravela Pinta rumar para o norte, em vez de tentar voltar para a Espanha, depois da descoberta de Cristóbal? Que relação isso teria com o urso?

6 - Comente a reação das personagens diante do encontro com aquele "animal grande, branco, sobre o pequeno bloco de terra, ou de gelo, igualmente branco."

7 - Pensando nas expectativas que os tripulantes da Pinta tinham a respeito do urso, indique em que medida a atitude do animal pôde ser considerada surpreendente.

8 - Meses depois do encontro com o urso, os sobreviventes da embarcação chegam a uma ilha.
a) Na hora de sua morte, o narrador declara que se sente muito bem, apesar de uma tristeza. O que ele considera triste em sua vida?
b) Ao lembrar que ele e seus companheiros haviam povoado aquela ilha distante, o narrador faz duas ressalvas. Quais são elas?

PERSONAGENS

9 - O narrador dá a entender que o italiano Cristóbal tinha ideias que soavam um pouco absurdas na época, pois pretendia buscar uma rota para a Ásia através do Atlântico.
a) Cite uma passagem em que o narrador deixa claro que Cristóbal pairava um pouco acima, e além, da realidade.
b) O marinheiro que narra a história do descobrimento da América levanta a hipótese de que, ao retornar à Espanha, Cristóbal poderia ter sido glorificado ou execrado pelo rei e pela rainha. Você sabe o que aconteceu, de fato, com Colombo?

10 - Da expedição organizada por Cristóvão Colombo, participavam também três irmãos, os Pinzón. Um deles, o capitão da Pinta, ganha destaque em A alma do urso.
a) Descreva, em linhas gerais, como era a personalidade do capitão.
b) Destaque do texto duas passagens que comprovam a inegável autoridade do capitão na caravela.
c) Simbolicamente, a navegação está ligada à busca da paz espiritual e à imortalidade. Depois de explorar algumas ilhas próximas a San Salvador, o capitão deixa que a caravela navegue rumo ao norte, como se não quisesse se opor ao destino determinado pelas forças da natureza. É quando encontra o urso. Relacione esses dados à frase "Quero sua alma", pronunciada pelo capitão quando se aproxima do animal.

11 - Segundo o povo iacuto, da Sibéria, o urso escuta tudo, lembra-se de tudo e não esquece nada. Que atitudes do urso, narradas pelo marinheiro, revelam que, em vez de ser "malfazejo, *maledeto*, maldito", aquele é um animal dócil e inteligente?

TEMPO

12 - O início da narrativa é bem marcado na linha do tempo: diz respeito aos dias que antecedem a 3 de agosto de 1492, quando o marinheiro vaga pelas ruelas de Palos. Relembre as falas do narrador e responda quanto tempo decorre:
a) Da partida das caravelas do porto de Palos até a chegada em San Salvador.

b) Durante a exploração das ilhas próximas a San Salvador.
c) Da travessia da Pinta rumo ao norte até o encontro com o urso.
d) Do encontro com o urso até a chegada na ilha fria.
e) Da chegada à ilha até a morte do capitão.
f) Do "enterro" do capitão até o último diálogo entre narrador e urso.

13 - Segundo o que você observou na leitura, há predominância do tempo cronológico (ordem natural dos fatos) ou do tempo psicológico (ordem determinada pela imaginação do autor)? Justifique sua resposta.

14 - A introdução escrita por Gustavo Bernardo é importante para que façamos determinadas relações entre dados históricos e elementos contemporâneos.
Que trecho da introdução nos leva a pensar que a presença do urso na narrativa resulta muito mais do diálogo que o autor trava com o mundo contemporâneo do que com o passado histórico? Justifique sua escolha.

ESPAÇO

15 - Observe os deslocamentos espaciais que aparecem na história: de Palos à América; da América para uma ilha bem ao Norte do globo.
a) Comente as características de cada um desses espaços, ressaltando seus contrastes.
b) Associe os espaços a possíveis simbologias:
I. Palos ( ) delícias, alegrias, prazeres
II. San Salvador ( ) privações, incógnitas, buscas
III. Ilha ao norte ( ) desregramentos, sujeira, ponto de partida
IV. Caravela ( ) despojamento, vácuo, imortalidade

NARRADOR

16 - a) *A alma do urso* é narrada em ____ (1ª / 3ª) pessoa, já que o narrador _____ (participa/não participa) da história.
b) Como o narrador se autodescreve, quando estava em Palos, antes de embarcar na expedição de Cristóbal?
c) Por que ele aceitou a proposta do navegador italiano sem questionar abertamente suas ideias "absurdas"?
d) Qual era a principal habilidade do narrador-marinheiro?
e) Qual era, exatamente, a função do narrador na caravela Pinta?
f) A personalidade do narrador vai aos poucos se delineando no enredo. Selecione suas principais características.

LINGUAGEM

17 - Em *A alma do urso* aparecem inúmeros recursos expressivos, que privilegiam a linguagem conotativa ou figurada. Reconstrua as frases, substituindo as expressões grifadas por outras em que apareça a linguagem denotativa. Conserve o sentido original.
a) "Vou, talvez, **calafetando os buracos da memória** com sonhos e com formações de estrelas (...)". (pág. 20).
b) "Os que ainda viviam economizavam comida, água, e economizavam-se: guardavam as poucas forças para o dia de encontrar terra (ou para a noite de **encontrar o fundo do mar**)." (pág. 29).
c) "A linha fina, que **costurava o céu e o mar**, pouco a pouco já não se mostrava tão regular, tão fina." (pág. 43).

18 - Há alguns termos e construções que soam estranhos para os nossos dias, pois são típicos do português falado no século XV. Destaque-os e discuta em classe seus usos e sentidos.

19 - A embarcação usada pelos navegadores é dotada de várias partes e equipamentos, alguns deles com denominações bem curiosas. De acordo com as indicações e o número de letras, preencha as lacunas. Na vertical, com as letras destacadas, surgirá o nome que se dá a esse tipo de embarcação.
1. peça que prende a nau ao fundo do mar (6 letras) _ _ ☐ _ _ _
2. a parte dianteira da embarcação (4 letras) _ _ _ ☐
3. máquina que iça a âncora (11 letras) _ _ _☐_ _ _ _ _ _ _
4. a parte traseira da embarcação (4 letras) _ _ _ ☐
5. peças de tecido que, com a ajuda dos ventos, movem a nau (5 letras)☐_ _ _ _
6. cesto onde fica o vigia, localizado no alto do mastro (5 letras) _ _ _☐_
7. parapeito ou corrimão (11 letras) _ _☐_ _ _ _ _ _ _ _
8. o aposento do capitão (7 letras) _☐_ _ _ _ _

SINTETIZANDO A OBRA

20 - Considerando que boa parte da obra aborda o descobrimento da América, você acha adequado o título *A alma do urso*? Justifique seu ponto de vista.

INDO ALÉM DA HISTÓRIA

21 - Na Idade Média, os medos e desafios que se colocavam para o homem eram muito diferentes dos que temos hoje.
a) De acordo com o texto, qual era o maior medo dos navegantes? Que desafios o homem daquele tempo se propunha a enfrentar?
b) De acordo com sua opinião, quais são os grandes medos e desafios para o homem contemporâneo?

22 - O filme "1492, Cristóvão Colombo, a conquista do paraíso" (Espanha/França, 1992. Direção: Ridley Scott, 154 min, 16 anos) mostra um ponto de vista sobre esse importante episódio da História. Considere a abordagem de *A alma do urso* e a do filme, se tiver oportunidade de assisti-lo, e responda: Será que a América e o Brasil foram descobertos por acaso?

CRIANDO E PRODUZINDO TEXTOS

23 - Não é raro que jornais e revistas exibam fotos curiosas, com personagens que nos impressionam de alguma forma. Escolha uma dessas fotos e a relacione a um episódio da história brasileira ou mundial. Assim como fez Gustavo Bernardo, misture realidade e ficção, e produza um conto ou uma crônica em que predominem as sequências narrativas.

COMPREENDENDO O TEXTO NÃO VERBAL

24 - Como se sabe, o narrador de *A alma do urso* é um grande conhecedor das constelações. Em que medida as ilustrações da obra estão relacionadas a esse conhecimento do narrador e à sua experiência como marinheiro? Observe atentamente cada ilustração para justificar sua resposta.

CONCLUINDO

25 - Escreva uma carta ou um *e-mail* para um colega, em que você conte, em linhas gerais, a história de *A alma do urso*. Aproveite para deixar clara a sua opinião sobre a obra.

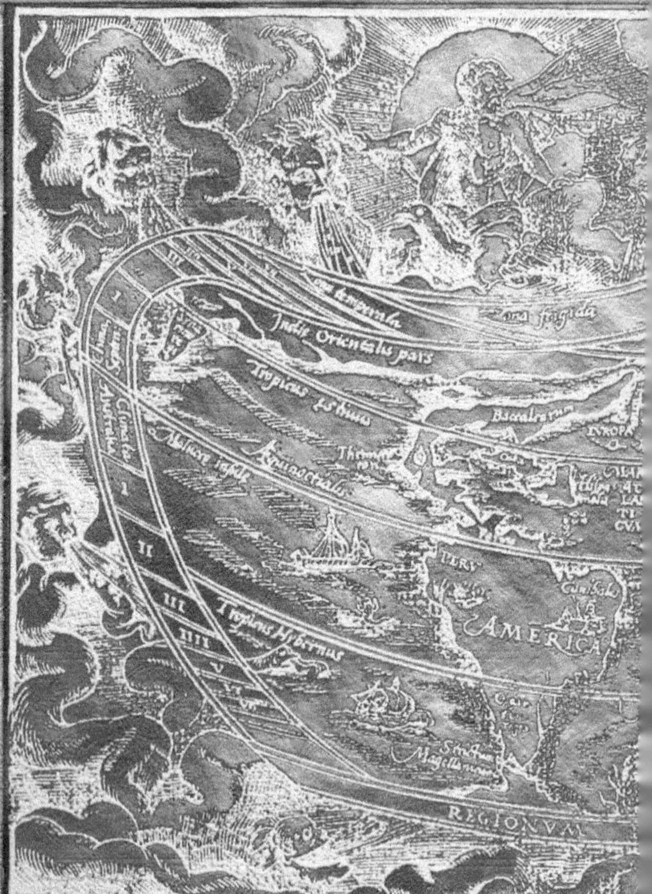
Indiæ Orientalis pars
Tropicus Hybernus
AMERICA
REGIONVM